Der Orangenbaum

- eine spirituelle Sage -

„Ich danke J. Forndran, S. Schestow, G. Ascher und E.Tolle
für ihre Liebe und Lehren."

C.F.

Herstellung und Verlag:
Books on Demand, Norderstedt
ISBN: 978-3-8482-2483-8

*

Vor langer Zeit lebte einmal ein großer Maharadscha. Krieg um Krieg vergrößerte er seinen Reichtum, sein Land und seine Armee. Er besaß alles, was er wollte, nur hatte er keinen Sohn. Jedes Jahr gebar ihm seine Frau eine Tochter. Der Herrscher ließ eine große Opferstätte für die Götter erbauen und brachte Schmuck, Silber, Gold und Diamanten, um die Götter gnädig zu stimmen. Als der Maharadscha den Glauben fast aufgegeben hatte, geschah das Wunder. Seine Frau bekam einen Sohn.

Der Prinz wuchs heran, doch kam er überhaupt nicht nach des Vaters Willen. Er interessierte sich nicht für Reichtum und Kriege, er bepflanzte den Palastgarten mit Orangenbäumen, saß Stunde um Stunde da und blickte sie an, als ob er ihnen beim Wachsen zuschauen könne. Der Maharadscha zürnte seinem Sohn und überlegte, was er tun sollte. Eines Abends holte er seinen Jungen zu sich und sagte

- Mein Sohn, du wirst der Herrscher über dieses große mächtige Land sein. Der Sinn des Lebens besteht darin, es zu vergrößern und deinen Reichtum zu mehren. -

Der kleine Prinz schüttelte leicht den Kopf. Einzelne Locken fielen ihm in die Stirn und er schob sie unbeholfen mit der Linken weg. Der Maharadscha blickte seinen Jungen an und hoffte, seine Sinne hätten ihn getäuscht, doch der Kleine schüttelte nur erneut den Kopf. Erbost über das abschätzige Verhalten, sprang der Vater auf und rannte hinaus. Er lief in sein Schlafgemach und grübelte fünf Tage und Nächte. Niemandem gewährte er Einlass. Seine Gefühle wüteten wie Feuer, verbrannten Gedanken und ließen nur Leere und Einsamkeit zurück. Schließlich entschloss sich der Maharadscha, dass er noch mehr Kriege gewinnen, mehr Länder erobern und noch mehr Reichtum anhäufen müsse; dann würde sein Sohn den Sinn darin erkennen.

Die Jahre gingen ins Land. Der Maharadscha zog wieder und wieder in den Krieg, brach mit seinen Freunden und es kam viel Leid über die Menschen. Doch sein Reichtum, der wuchs ins Unermessliche.

Als der Maharadscha im Sterben lag, bat er seinen Sohn zu sich und fragte

- Weißt du nun, was der Sinn des Lebens ist? -

Der Prinz ergriff die Hand des Vaters und sagte:

- Mit dir hier zu reden, in diesem ewigen Augenblick. -

Die Augen des Maharadscha verengten sich.

- Du Narr, - sprach der Alte

- das alles, das habe ich getan, um dir etwas zu hinterlassen, um dir zu zeigen, was das Wichtigste im Leben ist. Reichtum und Macht. -

Der Prinz lächelte und küsste die Stirn seines Vaters. Dann starb der alte Maharadscha.

※

Nun war der Prinz der Maharadscha seines Landes und er lud alle Herrscher der umliegenden Länder ein. Viele kamen nur widerwillig, doch waren sie neugierig auf den seltsamen jungen Mann mit dem schwarzen Schopf und den blauen Augen. Die Halle war gefüllt mit Menschen in teuren Gewändern, die in allen Farben leuchteten. Die Sonne schien durch die Fenster und ließ das Innere erstrahlen. Der Palast war aus purem Gold und überall glänzten die Edelsteine und Smaragde der Gäste und warfen ihre Farben an die polierten Mauern.

Der junge Maharadscha genoss das Schauspiel, verneigte sich dann und sagte

- Ich möchte Frieden schließen. -

Ein lautes Raunen ging durch die Reihen und dem schloss sich ein Schweigen an. Niemals zuvor hatten sie derartige Worte vernommen.

- Dann gebt mir mein Land zurück. - rief ein kleiner

Mann, der einen Rubin um den Hals trug. Das Rot des Steines funkelte, dass beinahe der Eindruck entstand, er sei von doppelter Größe.

- So soll es sein, - gab der junge Herrscher zurück, - wenn es das ist, was Euch Frieden gibt. -

Die anderen Gäste forderten nun auch ihr Land und der junge Maharadscha gab es ihnen. Die Menge jubelte, bis ein Mann, in teure blaue Seide gchüllt, das Wort ergriff

- Es ist nicht alles vergessen, nur weil wir trockene Erde bekommen. Ihr habt uns bestohlen, wir wollen alles zurück. -

Sein Kopf errötete beim Sprechen vor Zorn und die Umstehenden stimmten ihm zu. Der junge Maharadscha nickte geduldig und blickte um sich. Er nahm den wertvollsten und schärfsten Säbel von der Wand und spaltete mit nur einem Hieb seinen goldenen Thron.

- Nehmt, was Ihr braucht, um Frieden zu schließen. - sagte er wieder und legte die Klinge beiseite. Die Gäste schauten verblüfft umher und taten, was sie verstanden hatten. Jeder nahm soviel Gold er tragen konnte und eilte davon. Nun war der einst goldglänzende Palast nichts weiter als eine leere Hülle, polierte Marmorfliesen schmückten die Böden und ein Stuhl aus Elfenbein verlor sich in der weiten Halle. Die Schwestern des jungen Maharadscha wurden sehr wütend und verließen ihre Heimat. Der junge Herrscher jedoch, ging in seinen Garten, setzte sich unter einen Orangenbaum, der große, gesunde Früchte trug und fühlte sich frei.

Jeden Tag ging er hinaus, prüfte die Orangen, nahm die Besten ab und gab sie den Besuchern, die zu ihm kamen und nach den vergangenen Ereignissen fragten.

- Was habt Ihr getan? - hörte er nicht selten.

- Seid Ihr von Sinnen, Euren Reichtum wegzugeben? Ihr seid der Herrscher eines großen Landes, Ihr müsst wichtige Gäste gebührend empfangen können. -

Dann verließen die meisten kopfschüttelnd den jungen Maharadscha wieder, in der Hand eine in orange leuchtende Frucht. Der Zurückgebliebene dachte darüber nach, was zu ihm gesprochen wurde und ließ die Hülle des einst glänzenden Palastes abreißen. Die Fassaden waren aus purem Gold und so war der junge Maharadscha wieder ein reicher Mann, da der Palast über dreihundert Räume zählte. Mit eigenen Händen und einigen Sklaven baute er ein neues Haus aus einfachem Lehm mit fünfzig Zimmern und einer großen Halle. Die Mauern verputzte er mit großer Sorgfalt und bezog dann sein neues Heim, das strahlend weiß unter dem blauen Himmel stand.

Der neue Palast war viel kleiner als der alte und so pflanzte er wieder Orangenbäume. In geraden Reihen standen die Bäume in allen Richtungen bis zu den Mauern, die seinen Palastgarten begrenzten. Saftiges Gras wuchs zwischen den Stämmen und der junge Maharadscha konnte nicht genug davon bekommen, das runde Orange auf dem Grün zu betrachten, unter dem weiten, blauen Zelt des Himmels.

Die Jahre vergingen und das ganze Land sprach von dem eigenartigen Maharadscha mit den unzähligen Orangenbäumen. Die Kaufleute trugen die Geschichten in ferne Länder und so kam es, dass Könige anderer Länder zu dem jungen Maharadscha reisten und ihn besuchten. Dieser empfing sie in seiner weißen Halle mit den riesigen Fenstern, durch die das Orange seiner Früchte leuchtete. Die Gäste waren ganz verrückt nach den Orangen und der junge Maharadscha verkaufte seine Früchte in die ganze Welt. Er wurde in den Augen seiner Untertanen zu einem mächtigen Mann. Er selbst jedoch fällte kein Urteil darüber, er nahm es, wie es kam und erfreute sich seiner Arbeit.

Eines Tages trat der kleine Mann, mit dem Rubin um den Hals, in die weiße Halle. Der junge Maharadscha sah, dass zu dem roten Edelstein noch ein Größerer, Wertvollerer hinzu gekommen war. Der kleine Mann sah sich in der Halle neugierig um und verzog die Lippen zu einem spöttischem Lächeln.

- Das ist also übrig vom einst goldenen Palast Eures Vaters. - sprach er verächtlich.

- Es braucht nicht mehr für mich. - erwiderte der Jüngere und verneigte sich höflich.

- Hierher lockt Ihr keine Frau, mein Freund. - sagte der kleine Mann und verließ kopfschüttelnd den kleinen Palast. Sein dicker Bauch ließ seine Schritte schwer werden und nur mit Hilfe konnte er seine Kutsche besteigen. Bevor die Peitsche in der Luft knallte, kam ein kleiner Junge vom Kutschbock gesprungen, fiel vor dem jungen Maharadscha auf die Knie und fragte

- Wie seid Ihr so reich und mächtig geworden, obwohl Ihr alles weggegeben habt? -

Der junge Herrscher zog ihn auf die Füße und sprach

- Du kannst nur Fülle erhalten, wenn du Fülle gibst. -

Die Worte des kleinen Mannes beschäftigten den jungen Maharadscha. Er war in einem guten Alter und konnte sich vorstellen, Kinder zu bekommen. So geschah es, dass viele Väter ihre Töchter zu ihm brachten, um sich einen besseren Stand zu erwerben. Es waren schöne Mädchen und einige mit Verstand, doch der junge Maharadscha schickte sie alle wieder weg. So ging es eine lange Zeit, bis der junge Maharadscha genug davon hatte. Er empfing niemanden mehr, setzte sich unter seinen ihm liebsten Orangenbaum und genoss den Augenblick. Und plötzlich kam es ihm, dass er gesucht und nicht gefunden hatte, weil das Suchen fern vom ewigen Jetzt, dem Augenblick war, indem sich alles fügt. Dieser Gedanke fand sein Herz und machte ihn innerlich frei. Glücklich schwang er sich auf ein Pferd und ritt durch das Land. Auf einem grünen Hügel, abgeschieden und einsam, stand ein großer Orangenbaum, unter dem er ein Mädchen entdeckte. Der junge Maharadscha stieg ab, sah dem Mädchen in die Augen und wusste, dass seine Frau vor ihm saß.

Auch diese Geschichte über den jungen Herrscher wurde über die Grenzen hinaus erzählt, sodass die Menschen ihn nur noch den weisen Maharadscha nannten.

❉

Die Jahre gingen ins Land und die Frau des weisen Maharadscha gebar ihm viele gesunde Kinder. Sie wuchsen heran, kräftig und lebhaft und tollten unter den Orangenbäumen.

Mael glaubte, der Mutigste, Stärkste und Beste unter ihnen zu sein. Er kletterte in die Kronen der höchsten Bäume, warf die Steine am weitesten ins Meer und seine Schwestern sagten, dass sein Schopf in der Sonne wie ein Edelstein, ein Tigerauge, glänzte. Jeden Abend trat er ins Schlafgemach seiner Schwestern und wollte hören, dass er der tollste Junge im ganzen Land war; dann erst fand er in den Schlaf. Wenn sie ihm einmal grollten und keine schmeichelnden Worte für ihn fanden, wurde der junge Prinz furchtbar wütend und beschimpfte sie grausam, bis der Schmerz aus seinem Herzen wich.

Ranchid hatte ein melancholisches Gemüt. Seine großen, braunen Augen blickten misstrauisch in die Welt und er bedauerte die friedvollen Zeiten, in der sie lebten. Er verglich diese mit einer ewigen Langeweile und war sich ihrer überdrüssig. Stundenlang saß er in seinem Zimmer und studierte die alten Schriften seines Großvaters, der Krieg um Krieg sein Land vergrößert hatte. Der Junge verlor sich in den eindringlichen Geschichten der Schlachten, des Leidens, des Todes und des Sieges und verschmähte jedes andere Buch. Ranchid bedauerte den Frieden so sehr, dass er die besten Orangen seines Vaters nahm und sie bei den Sklaven oder Geschwistern versteckte, um sie dann des Diebstahls zu bezichtigen. Nur das Leid brachte ihm etwas Heiterkeit in seine düsteren Gedanken.

Noah war der Besonnenste der drei. Sein sehniger und braungebrannter Körper hatte lange Beine, mit denen er Stunde um Stunde lief; er umrundete die Orangenbäume, rannte über grüne Hügel und trabte am Meer entlang, auf weißem endlosen Sand. Noah war sich seiner selbst kaum bewusst, nur sein Vater sah, was er wirklich war.

Eines Abends sagte der weise Maharadscha
- Mein Sohn, du wirkst unglücklich. -
Mael nickte ungestüm.
- Vater, ich muss kämpfen, ich muss zeigen, dass ich der Stärkste bin! - rief er, sprang auf und griff nach einem Säbel.
- Nur so kann ich zeigen, wer ich wirklich bin. -
setzte Mael nach und spaltete im Übermut einen Tisch mit einem Hieb, dessen Braun so dunkel war, dass man es für schwarz hätte halten können.

Der weise Maharadscha nickte und so kam es, dass es ein großes Fest mit vielen Wettkämpfen gab, auf dem sich die jungen Burschen messen konnten.

Vor den Mauern des Palastes wurden Kreise gezogen, Begrenzungen abgesteckt und Bühnen gebaut. Fahnen in allen Farben wehten im Wind, Gerüche der kostbarsten Speisen drangen den Besuchern in die Nase und unzählige kleine Kinder rannten im Staub umher und genossen das bunte Treiben. Es sollte ein großes Spektakel werden mit allerhand Disziplinen. Mael hatte Tag und Nacht geübt und glänzte in den ersten Wettkämpfen. Es schien, als sei er unbesiegbar, so flink und geschmeidig huschte er umher und unterwarf jeden seiner Gegner gnadenlos.

Mit hoch erhobenem Haupt trat er zum Ringen an. Ein drahtiger Knabe, der Mael bis zur Brust reichte und das lange Haar zu einem Knoten gebunden hatte, stand ihm gegenüber und sah ihm ruhig in die Augen. Mael grinste höhnisch und versuchte den Jungen zu greifen, der ihm aber geschickt auswich und mit zwei Drehungen zu Boden warf. Auch die zweite Runde gewann der Schmächtige. Mael war außer sich und in seiner blinden Wut griff er erneut ins Leere. Er lief zu seinem Vater und brüllte mit Zornestränen auf den Wangen. Der weise Maharadscha legte seine Hand auf die Schulter des Sohnes und wartete. Mael sank in den Staub und schluchzte.

- Niemals habe ich eine solche Demütigung erlebt. - klagte er. Sein Vater hockte sich zu ihm und sprach
- Du bist nicht deine Empfindung. -, küsste ihn auf die Stirn und kehrte an seinen Platz zurück. Mael war verwirrt, irgendetwas verstand er an diesen Worten nicht, die trotzdem weiter bis in seine Seele drangen und ging langsam wieder in den Ring. Er kämpfte von nun an besonnen und gewann am Ende in allen Wettkämpfen. Die Freude war groß, Mael war über und über mit Kränzen und Schmuck behängt. Die Mädchen waren verrückt nach dem stärksten und mutigsten Jüngling des Landes und buhlten um seine Aufmerksamkeit. Die Feier dau-

erte drei Tage und Nächte, danach fiel Mael in einen tiefen traumlosen Schlaf.

Als er erwachte, war sein Körper schwach und sein Herz einsam. Schnell ging er hinaus und dachte an das große Fest zurück. Er saß lange an dem Platz, an dem er seinen größten Sieg errungen hatte, als der weise Maharadscha zu ihm kam. Sie schwiegen gemeinsam, Mael wollte und konnte sich nicht von den Bildern lösen, die vor seinem inneren Auge schwebten. Die Sonne warf ihr letztes Licht über die Häuser, in den langen Schatten wuschen Weiber Wäsche und Männer spielten Würfel. Über Mael legte sich eine schwache Düsternis, das Gefühl des Sieges schwand aus seinem Herzen. Fragend blickte er seinen Vater an und der sprach
- Du glaubst, dass Sieg und Stärke etwas ist, was Bestand hat, etwas, das andauert. Doch es ist vergänglich, wie alles auf der Welt. Dein Verlangen wird dich unglücklich machen. -
Mael schwieg auf diese Worte hin, der Dorn des

Trotzes verschloss sein Herz.

Eines Tages, als der weise Maharadscha eben einen Korb mit reifen Früchten zum Palast trug, kam Ranchid auf ihn zugelaufen. Sein Haar wirbelte im Wind und auf seiner Haut glänzte der Schweiß, als er aus tiefer Kehle nach seinem Vater rief. Der Alte wartete geduldig und erfreute sich an dem puren Leben, das aus seinem Sohne strahlte.

- Vater, - keuchte Ranchid,

- wir müssen Krieg führen! -

Seine Stimme bebte, die Augen waren voller Zorn.

- Lass' uns hineingehen. - sagte der weise Maharadscha, doch der Jüngere schüttelte entschieden den Kopf und sprach

- Als ich am Meer war, hörte ich die Frauen schwätzen, sie sagen, du seist zu weich für einen Maharadscha und dass großes Unglück über unser Land kommen wird. -

- Das was ist und sein wird, war schon immer so und wird auch immer so sein. - erwiderte der weise Maharadscha mit einem Lächeln. Doch die Worte des Vaters brachten Ranchid noch mehr in Rage.

- Die Bauern lachen über uns, das darf nicht sein! - Seine Stimme schwoll zu einem Grollen heran, der Zorn wurde ihm übermächtig und er brach einen Ast aus dem neben ihm stehenden Baum. Sein Blick glitt über das Holz in seiner Hand, an dessen Ende fünf reife Orangen hingen, eingehüllt in saftig grüne Blätter. Ranchid erschrak und wagte nicht, den Vater anzusehen.

- Was möchtest du tun? - fragte der weise Maharadscha, während er die Orangen des Astes in seinen Korb legte.

- Ich will Krieg. - sagte Ranchid bestimmt und nickte. Er entsann sich der abenteuerlichen Geschichten seines Großvaters und lächelte.

Ranchid und Mael fuhren durchs Land und warben Männer für den Krieg. Die einen wollten Ranchid folgen, um die Schmach des Vaters zu begleichen, der alle Besitztümer verschenkt hatte, andere wollten Mael folgen, sie wollten Großes leisten und mit vollen Händen zu ihren Familien zurückkehren. So kam es, dass Mael und Ranchid mit vielen tausend Männern in den Krieg zogen. Mit Zorn und Mordlust im Herzen, kämpften sie verbissen in fernen Ländern um Ruhm und Gold. Jahre später kehrten sie mit blutigen Schildern und Säbeln zum Vater zurück. Sie fanden den weisen Maharadscha unter dem ihm liebsten Orangenbaum. Die Sonne stand hoch oben im Zenit und die Schatten, die die Blätter warfen, wahrten dem Gras das saftige Grün, auf dem der Alte saß.

- Willkommen daheim, - sprach er und lächelte.

- Vater, alles gehört wieder dir. Alles was du damals weggeben musstest. - sagte Mael, die Brust vor Stolz geschwellt. Der weise Maharadscha blickte seinen Sohn an und nickte.

- Was sollen wir jetzt tun? - fragte Ranchid in die aufkommende Stille hinein. In seinen großen, braunen Augen spiegelte sich Furcht. Er erinnerte sich noch gut an die Ödnis in jüngeren Jahren, die er so oft empfunden hatte.

- Ich glaube, dass die Zeit gekommen ist, Platz zu machen. Ich bin müde vom Handel. - sagte der weise Maharadscha und ein Gefühl von Erregung und leichtem Zweifel durchfuhr Mael und Ranchid.

- Bin ich gut genug dafür? - fragte Mael schließlich mit Tränen in den Augen. Die längst vergessene Sorge erfasste und schüttelte ihn.

- Du bist nicht der, der du zu sein glaubst, - sagte der Alte milde,

- erkenne, wer du wirklich bist und deine Furcht und deine Fragen werden sich auflösen. -

Bei diesen Worten tauchte Noah auf. Seine Lippen formten die Worte des Vaters, sein Herz glühte. Der weise Maharadscha sah Noah in die Augen. Tiefe Freude empfand er in jenem Augenblick, als die Sonne das Land wärmte und der Wind die Schatten tanzen ließ.

- Vater, - fragte Noah,

- was muss ich noch wissen, um Frieden zu finden? -

Der weise Maharadscha seufzte und bat Noah neben sich unter den Orangenbaum. Das Grün war weich und frisch geschnitten, und fing die Früchte sicher auf, wenn der Baum sie nicht mehr tragen konnte.

- Es gibt noch etwas, was ich dir mit auf den Weg geben möchte, mein Sohn. -

Noahs Augen glänzten, er fühlte die Worte, die noch nicht ausgesprochen waren. Als sein Vater weitersprach, durchfuhr Noah ein Erwachen, die Welt lag plötzlich klar und rein vor ihm.

- Das Leben ist das, wofür du dich entscheidest, was es ist. -

Die Worte hallten in Noah nach und sickerten in jede Faser seines Körpers, als ein gellender Schrei die Stille im Palastgarten durchschnitt.

- Mutter gebärt uns einen Bruder. - rief Mael laut und streckte die Faust in die Luft.

- Ich werde ihm alle Abenteuer aus dem Krieg erzählen. - sprach Ranchid weiter, warf Schild und Säbel ins Gras und rannte davon.

*

Das Kind starb am zweiten Morgen und bald darauf die Mutter. Der weise Maharadscha verheiratete seine Töchter und zog in eine kleine Hütte, den grünen Hügel hinauf, mit Blick auf die Orangenbäume.

Die Hütte war aus braun- schwarzem Holz, wie die Dattel, die sich meterhoch wenige Schritte vor der Tür in den Himmel streckte und immer Schatten spendete. Der Palast, der einst weiß geglänzt hatte, wie das Leben darin, war nun fast leer, das Singen der Vögel hallte traurig durch die Mauern und hinterließ ein Gefühl von Einsamkeit.

Ranchid war untröstlich. Er ertränkte seinen Kummer in Wein, raufte sich mit anderen Burschen und schwor ewige Rache. Nach einem Jahr und einem Tag packten Mael und Ranchid für eine Reise. Sie

24

zogen durch ferne Länder und Städte, auf der Suche nach teurem Schmuck und schönen Frauen. In einer Stadt, die so rot wie Rubine leuchtete, traf Ranchid eine Frau, die er haben wollte. Es war die Tochter des Königs und jede Nacht schlich er zu ihr, um ihr nahe zu sein. Nach endlosen Nächten der Leidenschaft, wusste Ranchid, dass er sie heiraten wollte. Sie teilten das Interesse für Kriege, sie fürchtete die Langeweile wie er und er hatte das Gefühl, verstanden zu werden. Ranchid wusste, dass der König ihm seine Tochter nicht einfach geben würde und so machten sie einen Handel, dass der König, mit den Rubinen um den Hals, die Orangenbäume des weisen Maharadscha bekommen sollte.

Mit hängenden Köpfen machten sich Ranchid und Mael auf den Weg, die Furcht vor dem Vater saß tief. Sie peitschten die Pferde durch die Wälder, Wüsten und Steppen, bis diese vor Erschöpfung starben. Sie erreichten eine Stadt, deren Häuser die

Farbe von Sand hatten und an Tagen wie diesem in Gold schimmerten. Der König dieses Landes gewährte ihnen Speis, Trank und ein Bett. Der Palast war aus purem Gold und Mael spürte den Dorn des Neides im Herzen. Das Mahl war üppig, der Wein kostbar und als Mael fast trunken zum Schlafgemach ging, sah er am Ende des Flures die jüngste Tochter des Königs. Ihr blondes, lockiges Haar glitt ihr am Rücken hinab und als sie ihren Kopf zu ihm drehte, wusste er, dass er das Mädchen heiraten wollte. Sie war von vollkommener Schönheit. Auch sie war hingerissen von Mael und so feilschte sie mit ihrem Vater um eine Hochzeit. Als Mael ihm die Orangenbäume seines Vaters anbot, willigte der König ein.

In düsterer Stimmung kehrten Mael und Ranchid zurück in den Palast des Vaters. Die Stille schmerzte in ihren Gliedern, das Singen der Vögel glich Nadelstichen auf der Haut. Sie gingen schweigend den grünen Hügel hinauf, vorbei an den jungen

Orangenbäumen, die kein Jahr zählten und traten vor den weisen Maharadscha.

- In der roten Stadt habe ich eine Frau gefunden. - flüsterte Ranchid.

- Und in der goldenen Stadt habe ich auch eine Frau gefunden. - fügte Mael hinzu.

Der weise Maharadscha erfuhr, dass jedem Brautvater die Orangenbäume versprochen wurden und nickte.

- Du kämpfst gegen das Leben und so wirst du nur auf Widerstand stoßen. - sprach der Alte. Mael wagte nicht zu sprechen und so standen sie lange schweigend beisammen. Die Sonne zog sich hinter die Berge zurück, die Schatten der Bäume wurden länger und tauchten das Gras in Schwarz.

- Es tut mir leid, Vater. - sagte Mael schließlich,

- Ich habe einen Fehler gemacht. -

Bei den Worten verschränkte Ranchid die Arme und hatte Mühe, ein Lachen zu unterdrücken. Er genoss die dramatische Szene zwischen Vater und Sohn, es war eine Komödie für sein melancholisches

Gemüt.

- Mein Sohn, - sprach der weise Maharadscha,

- es gibt keine Fehler. Es gibt nur Dinge die wir tun oder nicht tun. -

In diesem Augenblick sahen sie einen Reiter auf sich zukommen. Der Schweif des Pferdes lag gerade in der Luft, der Mann im Sattel hatte die Zügel fest angezogen und den Kopf tief nach vorn gebeugt. Der Reiter sprang hektisch von dem Tier und fiel vor dem weisen Maharadscha auf die Knie.

- Oh, weiser Maharadscha, - stöhnte er verzweifelt,

- Zwei Herrschern wurden Eure Orangenbäume versprochen. Es gibt Krieg. -

Der junge Mann vergrub das Gesicht in den Händen und begann bitterlich zu weinen. Der weise Maharadscha zog ihn auf die Füße und sagte

- Nehmt Eure Familie und sucht einen sicheren Ort für sie. Und nun geht. - Der junge Mann nickte, wischte sich schweigend mit dem Hemd die Tränen weg, stieg auf sein Pferd und galoppierte davon.

*

Der Krieg kam in das Land und zerstörte alles. Das Blau des Himmel war durch den Schleier des Rauches verbrannter Häuser und Felder nur zu erahnen und das Klagen der Menschen wehte durch die Dörfer, wie einst der Wind das Singen der Vögel gebracht hatte.

Als die zwei Könige den Palast erreichten, saß der weise Maharadscha auf den Stufen und blickte ihnen entgegen. Wie aus einem Munde sprachen die Könige zu ihm

- Euer Sohn hat uns Eure Orangenbäume versprochen. -

Auf ihren Stirnen glänzte der Schweiß und der Schmutz des Krieges, in ihren Augen funkelte die Gier. Der weise Maharadscha erhob sich, verneigte sich höflich und sprach

- Wenn es jedem von Euch so versprochen wurde, so müsst Ihr jeden Orangenbaum teilen, dann kann jeder alle haben. -

Der kleine König mit den Rubinen um den Hals, zog wütend den Säbel und fuhr herum

- Betrüger! - rief er laut, lief zu einem jungen Orangenbäumchen, was ihm bis zu Brust reichte und spaltete es mit einem Hieb bis zur Wurzel hin. In diesem Augenblick, als sich Maels Augen vor Schreck weiteten und sich der Schmerz in Ranchids Herz bohrte, wurde sich Noah seiner selbst bewusst. Ein Gefühl von Weite und Stille breitete sich aus, alle Formen um ihn lösten sich auf und er sah ohne Urteil und ohne Widerstand dem kleinen König mit den Rubinen um den Hals zu, wie er die jungen Orangenbäume in zwei teilte. Sein Gesicht war rot und verzerrt vor Zorn, als er plötzlich aufstöhnte und erschöpft auf die Knie ging.

- Ich war wie von Sinnen. - murmelte der kleine König und blickte auf die gespaltenen Bäume, die schlaff im Gras lagen.

Noah bat die Könige um Verzeihung, reiste in ihre Länder und pflanzte in ihren großen Gärten je drei

Orangenbäume, wie es sein Vater ihm gelehrt hatte. Als die Arbeit getan war und er auf sein Pferd stieg, trat ein Junge zu ihm. Seine gebräunte Haut glänzte in der Sonne in Bronze und seine wachen Augen blickten Noah neugierig an.

- Wieso hast du drei Orangenbäume gepflanzt? - fragte er und Noah antwortete

- Jeder einzelne Baum steht für ein Tor zum Erwachen, um erkennen zu können, wer du wirklich bist. -

Der Junge riss den Mund weit auf und bat Noah, sie ihm zu verraten. Noah saß ab, hockte sich zu ihm nieder und zeigte auf die einzelnen Bäume

- Nimm den Augenblick ohne Widerstand an, hafte nicht an Formen und fälle kein Urteil. -

Die Augen des kleinen Jungen leuchteten und lachend rannte er davon.

Noah kehrte zum Palast zurück, trat in den Garten, lief den grünen Hügel hinauf und setzte sich neben den weisen Maharadscha, der unter der großen

Dattel im Gras saß. Noah fuhr sich mit der Hand über die Stirn und fühlte seine Narbe, die bei einem Sturz aus einer Baumkrone zurückgeblieben war. Als Kind hatte er geglaubt, der Stärkste und Mutigste zu sein und war in die höchsten Bäume geklettert, um den Schwestern zu gefallen und bewundert zu werden. Noah schüttelte bei dem Gedanken lachend den Kopf und zeigte seinem Vater die Striemen am Rücken, die tief in seine Haut gebrannt waren. Der Kutscher war in Zorn geraten, als Noah ihn des Diebstahls einiger Orangen beschuldigt hatte.

Der weise Maharadscha lachte laut auf und sagte

- Du warst ein wilder Bursche. -

Noah nickte lächelnd und gemeinsam saßen sie unter dem Baum, bis sich die Abendröte am Horizont entlang zog und die Schatten verblassten.

- Vater, - begann Noah,

- muss jeder leiden, um zu erwachen? -

Und der Alte erwiderte

- Nein, mein Sohn, jeder kann jetzt erwachen. -